고양이와
느릿느릿
걸어요

국립중앙도서관 출판시도서목록(CIP)

고양이와 느릿느릿 걸어요 / 지은이: 박용준. — 고양 :
예담출판사, 2013
    p.;   cm

ISBN 978-89-5913-756-5 03810 : ₩14000

한국 현대 문학(韓國現代文學)
고양이(猫)

818-KDC5
895.785-DDC21   CIP2013015504

고양이와 느릿느릿 걸어요

초판 1쇄 인쇄 2013년 8월 27일   초판 1쇄 발행 2013년 9월 2일
지은이 박용준
펴낸이 연준혁

출판 6분사 분사장 이진영
편집 정낙정 박지수 박지숙 최아영   디자인 조은덕
제작 이재승

펴낸곳 (주)위즈덤하우스   출판등록 2000년 5월 23일 제13-1071호
주소 (410-380) 경기도 고양시 일산동구 장항동 846번지 센트럴프라자 6층
전화 (031)936-4000   팩스 (031)903-3895
홈페이지 www.wisdomhouse.co.kr   전자우편 wisdom6@wisdomhouse.co.kr
종이 월드페이퍼   인쇄·제본 (주)현문   후가공 이지앤비

값 14,000원   ISBN 978-89-5913-756-5   03810

일본의 길고양이와 함께 보낸 오후

고양이와 느릿느릿 걸어요

박용준 글·사진

예담

작은 그 골목, 고양이가 있었다.
우리 함께, 산책할까요?

사람들은 언제나 빠르게 걸어가느라
우리를 보지 못하는 것 같아요.
사람들의 세상은 왜 그렇게 바쁘기만 할까요?
우리는 늘 이렇게 골목에서 여유롭게 아무 걱정도 없이
오후를 보내고 있답니다.

골목골목 당신이 모르는 그곳에
우리가 기다리고 있어요.
잠깐 발걸음을 멈추고
마음이 평화로워지는 산책을 시작해볼까요?

느릿느릿 걸어도 좋아요.
인생이 뭐 별건가요?
따뜻하고 소박한 오후의 순간이 살아 있는 그런 하루,
우리, 함께 걸을까요?

* prologue *

고양이와 나의 인연을 생각해봅니다.
고양이를 좋아하셨던 어머니.
슈퍼마켓에 쥐를 쫓기 위해 데려다 두었지만 오징어와 쥐포의 유혹을 못 이겨 결국 손을 대다
아버지에게 들켜 도망 다니던 고양이들.
가게에서 가장 많이 시간을 보내는 녀석들, 한구석에서 언제나 꾸벅꾸벅 졸고 있었던 나비.
그렇게 고양이들과 함께한 시간이 점점 쌓였습니다. 형제가 없던 저에게 고양이는 늘 곁에 있
는 좋은 친구이자 감성 교감의 대상이었습니다.

시간이 흘러 정신을 차리고 보니 저는 일본의 골목골목을 돌아다니고 있었습니다. 그곳에서도
항상 고양이만 발견하면 무심코 뒤를 따라다니고 있는 제 모습을 발견했습니다. 그렇게 8년 정
도 일본을 돌아다니며 만난 길고양이, 집고양이, 카페 고양이, 그들의 표정과 동작들이 너무 재
미있고 즐거워 블로그에 하나씩 하나씩 글을 남기게 되었고 그 즐거움을 많은 사람들과 함께
나누면 좋을 것 같아 이렇게 책을 만들게 되었습니다.

서울과 도쿄를 오가면서 길고양이의 생활을 관찰하고 비교해보면 우리나라 길고양이들의 생활
이 안타까운 게 참 많습니다. 도망가는 고양이와 다가오는 고양이의 차이점이라고 할까요. 고양
이는 행운을 부르는 대상으로 여겨지는 일본처럼 우리나라의 길고양이들도 좀 더 사람들에게
많은 사랑을 받고 지냈으면 합니다.

사진은 심장병을 가지고 태어나 달릴 수 없었던 줄무늬 고양이입니다. 조금만 움직이면 힘에
부쳐 쓰러져 거친 숨을 내쉬며 진정될 때까지 누워 있어야만 했던 고양이지만 그래도 오래오래
살면서 저와 많은 시간을 함께한 가장 기억에 남는 고양이입니다.
책을 준비하면서 오래오래 생각이 났던 어린 시절의 줄무늬 고양이, 오늘 그 사진을 한참 동안
바라봅니다.

2013년 여름
베쯔니

contents

III. 함께 산책할래요?

I. 뭐가 그리
바쁜가요?

사람들의 하루는 바쁘게 흘러갑니다.

모두들 정신이 없는 하루,

어둑어둑해지고서야 오늘이 끝났구나, 비로소 한숨을 돌립니다.

언제나 여유로운 날들을 원하면서도 사람들은 늘 종종걸음입니다.

하지만 햇빛을 받으며 미소를 띠고 여백이 가득한 하루를 보내는 고양이들을 보면

인생이 뭐 별건가 싶습니다.

좋아하는 장소에서 좋아하는 차 한잔 마시며 유유자적 즐기는 그런 하루,

오늘, 그런 하루를 보내볼까요?

#01.

고양이의
보호색

멀리서 보면 잘 모를지도 모를
카펫과 하나가 되어버린 하얀 고양이.

 위치(도쿄東京)
도쿄의 멋쟁이 미시족들이 많이 살고 있는 세련된 마을
지유가오카(自由が丘)의 고양이 카페

☕ NEKOCAFECLUB

주소 : 東京都目黒区自由が丘3丁目7-16
전화 : 0120-152253
시간 : 11:00~19:00
요금 : 30분 700엔, 1시간 1,000엔
HP : http://www.nekocafeclub.com/

#02.
생각하는
길냥이

한 길냥이가 골목길 한 구석에서
심각하게 무언가를 생각하고 있습니다.
웅…
요즘 쥐가 너무 설쳐대서…
어떻게 해야하나…

길냥이는 너무도 심각합니다.
누군가 길고양이의 심각한 고민을 풀어주었으면 좋겠습니다.

03

차 한잔의
여유를 즐기는
낭만 고양이

차 마시는
고양이 처음 보냐옹?!

고양이 한 마리가 노천카페에 와서 차를 한잔 시켜 놓고 여유를 부리고 있습니다.
차 마시는 고양이 처음 봐?!
라는 표정의 냐옹 씨.

그것도 잠시
카페에서 나오는 온풍기의
따뜻한 바람에 눈이 감기고 맙니다.
스르륵 눈이 감기고
잠이 들어버립니다.

잠에서 깨어나 다시 차를 한 모금 마시고
카페에서 흘러나오는 음악에 귀를 기울입니다.
차 한잔 시켜 놓고 카페에서 오랜 시간 여유를 부리고 있는 냐옹 씨.

내일은 고양이들의 스타벅스인
스타캣츠 커피에 가서
가츠오부시 라테를
마실 생각이라고 합니다.

 위치(도쿄東京)
도쿄 연인들의 데이트 코스인 오다이바(お台場)의 작은 고양이 카페

☕ Nyanda Cafe(猫だ! カフェ)

주소 : 東京都港区台場1-6-1デックス東京ビーチ1F
전화 : 03-3599-2828
시간 : 11:00~20:00
요금 : 1시간 1,200엔(음료 한 잔 포함), 연장요금 10분 200엔
HP : http://www.nyandacafe.com/

#04.
창밖을 바라보는
고양이

고양이 카페의 안정된 생활보다는
마음껏 돌아다닐 수 있는 바깥세상을 원하는 걸까요?

#05.
도둑 고양이가
될 뻔한
길고양이

나가사키 상점가의 한 건어물 가게에서 우연히 만난 길고양이입니다.
틈이라고는 보이지 않는 곳에서 갑자기 고양이 얼굴이 튀어나와 깜짝 놀랐습니다.
얼마나 먹고 싶었을까!
자기가 좋아하는 짭조름한 건어물이 가득한데다 꼬릿꼬릿한 향에 이끌려
순간 정신을 잃고 나쁜 짓을 할 뻔하였습니다.

건어물 주인아저씨는
상품에는 손대면 안 돼!
하며 혼내고 오징어 한 조각을 건네줍니다.
길거리에 놓여 있다고 해도 함부로 손을 대면 안 되는 거예요. 길고양이 씨!

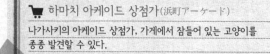

🛒 하마치 아케이드 상점가(浜町アーケード)

나가사키의 아케이드 상점가, 가게에서 잠들어 있는 고양이를
종종 발견할 수 있다.

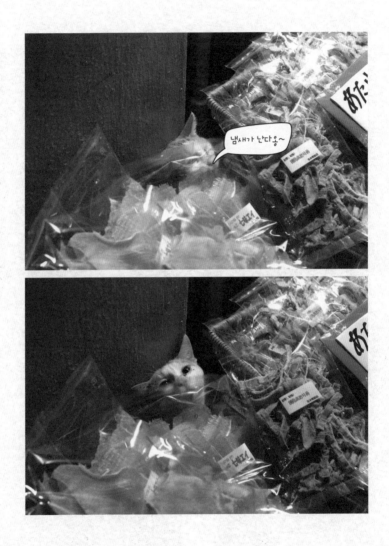

"어이 총각!
좋은 말로 할 때 주머니에 있는 거 다 내놔!"

혼자 골목길을 유랑할 땐,
주머니에 천하장사 소시지라도 넣고 다녀야겠습니다.

#07.
낮잠이
좋아!

고양이 카페의 잠자는 고양이
고양이들은 참 자는 걸 좋아하는 것 같아요~

저도 물론 좋아하지만요.

08

교토 우지의
고양이 의자

교토의 우지에서 길을 걷다가 다리가 아파 잠시 쉬어갈까 하고
주위를 둘러보니 의자가 눈에 띄었습니다.
천천히 다가가 엉덩이를 내려놓으려는 순간
후다닥 고양이 한 마리가 먼저 의자에 올라갑니다.

"여긴 내 자리야.
위에 적혀 있는 거 안 보여?"

우지에서 만난 카페 고양이.

자기 의자를 지키며
지나가는 사람들을 살펴보고 있습니다.

교토 우지의 카페 고양이,
주인아주머니가 고양이를 위해 만들어준 의자랍니다.

고양이는 의자에 앉아 손님을 유혹하여
카페에서 차를 마시고 가게 합니다.

오늘은 한가하다옹.

📍 **위치**(교토京都)
교토 우지(京都宇治), 세계유산 뵤도인(平等院) 옆의 작은 찻집

☕ **찻집 사보키쿠야**(茶房きくや)

주소 : 京都府宇治市宇治蓮華21
전화 : 0774-22-9097
시간 : 11:00~17:00

⛩ **뵤도인**(平等院)

주소 : 京都府宇治市宇治蓮華116
전화 : 0774-21-2861
시간 : 9:00 ~ 17:00
요금 : 300엔, 200엔(중학생), 150엔(초등학생)

09

꼬옥 누르고 싶은
핑크빛 고양이 발바닥

새하얀 털 속에 숨겨진
말랑말랑 핑크빛 살결.
손가락으로 꼬옥 눌러보고 싶은 충동에 빠져듭니다.
가끔은 신기한 색색의 고양이 발바닥을 만날 수도 있습니다.

고양이의 손을
꼬옥 잡아주세요.

#10.
폭염에 옴짝달싹 못하는
길고양이

도쿄의 히비야 공원.
길고양이 한 마리가 괴로운 표정으로 바위 위에 쓰러져 있습니다.
35도를 넘으며 계속되는 도쿄의 폭염.
길고양이도 버티지 못하고 쓰러져버렸습니다.
그늘 아래의 바위는 그나마 차갑기 때문에
딱 바위 위에만 몸을 올려놓고 옴짝달싹 못하는 길고양이.
축 늘어진 상태로 죽은 듯이 움직일 생각을 하지 않습니다.
더워죽겠다…

거의 한 달째 계속되는 무더위, 비라도 내려주었으면…
셔터 소리에 잠에서 깨었는지 살짝 이쪽을 바라봅니다.
하지만 모든 것이 귀찮은 듯 그대로 바위 위에 몸을 밀착시킵니다.
발가락 사이에 땀이 찼나요?
발가락을 벌리고 있는 길고양이.

계속되는 도쿄의 폭염,
그래도 나무 그늘과 식혀진 바위가 있어 길고양이는 행복합니다.
더위만 피할 수 있다면
더 바랄 것도 없습니다.

📍 **위치**(도쿄東京)
도쿄 시민들의 작은 쉼터 히비야 공원(日比谷公園)

✿ 히비야 공원(日比谷公園)

주소 : 千代田区日比谷公園
전화 : 03-3501-6428

#11.
호수와 구름과
길고양이

히비야 공원의 평온한 하루가 지나갑니다.
호수와 구름과 길고양이.

길고양이 한 마리가 호수 위의 바위에 앉아 열심히 식빵을 굽고 있습니다.
노릇노릇 노랗게 익어가고 있는 길고양이.

마음을 편하게 가지고
식빵(고양이들은 자주 식빵 굽는 자세를 취합니다. 위에서 바라보면 등을 올리고
웅크리고 있는 모습이 꼭 식빵과 같은 모습이라고 해서 그렇게 부르지요.)을 구우면서
여유롭게 휴식을 취할 수 있는데
사람들은 뭐가 급한지 빠르게 걸어갑니다.

식빵을 굽다 보면 정신이 몽롱해져 앞이 뿌옇게 보이기도 하지요.
가끔 따뜻한 햇살이 호수에 비쳐 눈이 부십니다.
눈이 부시면 고개를 옆으로 돌려 다른 곳을 바라봅니다.

따뜻한 봄날 히비야 공원의 호숫가 벤치에서
호수에 비치는 흘러가는 구름을 바라보며
할아버지도 식빵을 구우시려고 하나 봅니다.
호수와 구름과 길고양이.

히비야 공원의 평온한 하루가 지나갑니다.

12

갈색 고양이의
귀여운 자존심

고양이 한 마리가 혀를 낼롬낼롬,
성큼성큼 발밑으로 다가옵니다.
무서운 눈으로 노려보며 접근하는 갈색 고양이.

하지만 위협도 잠시뿐,
지나가는 누나의 손에 잡혀 발버둥 치고 있습니다.

누나의 간질간질 공격에 자존심을 걸고 버텨보지만
결국은 넉다운되고 말았습니다.

눈빛은 강렬하지만
빈틈 가득한,

교토에서 만난
갈색 고양이입니다.

#13.

고양이가 있는
교토 거리

교토 우지에는 일본의 아름다운 거리 100곳 중
하나로 지정된 곳이 있습니다.
그 거리를 말없이 지키고 있는,
거리 풍경을 더욱 아름답게 만드는 고양이 한 마리가 있습니다.

엉덩이가 무거운,
그래서 사람들이 지나다녀도 꿈쩍도 않고 거리 한가운데 앉아 있는
고양이 한 마리.

아무도 이야기를 들어주지 않자 고개를 돌리고 맙니다.
뻘쭘한 상황을 모면하기 위한 그루밍.
근엄하게 인상도 지어봅니다.
"뭐야, 불만이야?"

수백만의 사람이 지나가는 모습을 지켜보았던
고양이 한 마리.
오늘도 이 거리에 조용히 앉아서
말없이 지나가는 사람들의 입을 열게 해줍니다.

📍 **위치**(교토京都)
교토 우지(京都宇治), 세계유산 보도인(平等院) 근처

49

#14.
나의 수면을
방해하지 말라

델리스파이스의 5집 앨범에 보면 〈키치죠지의 검정고양이〉라는 노래가 있습니다.

오늘도 기치조지의 이노카시라 공원 입구를 많은 사람들이 지나고 있습니다.
지나가는 사람마다 입구 계단 중턱에 잠시 멈칫하고 있어 가까이 가보니
검정고양이 한 마리가 마치 자기 안방인 듯 편한 자세로 담벼락에 누워
뒹굴거리고 있습니다.
마치 사람처럼 옆으로 누워 있는 검정고양이.
목걸이가 있는 것을 보니 집고양이인 것 같습니다.

귀여운 고양이의 손.
이렇게 사진을 찍어놓으니 조금은 불쌍해 보이기도 하네요.
이노카시라 공원 입구의 담벼락에서 새근새근 잠들어 있습니다.
지나가던 아이가 신기한 듯 고양이를 만져봅니다.

많은 사람들이 고양이의 머리를 만지고 가자
고양이가 잠에서 깨어납니다.
에이, 귀찮아.
어디론가 이동을 하려나요?

지나가는 사람들이 머리를 하도 만져서 잠을 제대로 못 자겠는지
방향을 바꾸어 드러누워 버립니다.
이젠 귀여운 발바닥이 보입니다.
검정고양이라서 그런지 발바닥이 검정입니다.
자는 게 너무너무 좋은
기치조지의 검정고양이.

오늘도 이노카시라 공원의 담벼락 위에서
잠에 취해 죽은 듯이 잠들어 있습니다.

📍 위치(도쿄東京)
도쿄 젊은이들이 가장 살고 싶어하는 도시 기치조지(吉祥寺)와
지브리 스튜디오가 있는 이노카시라(井の頭) 공원

🍀 이노카시라 공원(井の頭公園)

주소 : 東京都武蔵野市御殿山1-18-31(안내소)
전화 : 0422-47-6900

달콤한 낮잠

고양이가 가장 좋아하는 것 중 하나!
그 어떤 것보다 달콤한 낮잠.
꾸벅, 꾸벅.
고양이들은 자면서 어떤 꿈을 꿀까요?
곤하게 달콤한 낮잠을 자고 있는 고양이들도 행복하지만
잠들어 있는 고양이를 지켜보는 것도 못지않은 행복입니다.

고양이를 키울 수 없는
사람들을 위한 공간,
네코 카페

고양이를 많이 좋아하는 일본에서는 고양이를 키울 수 없는 사람들을 위한 공간인
고양이 카페가 많이 생겨나고 있습니다.
고양이를 좋아하지만 여건이 되지 않거나 돈이 없어 키우지 못하는 사람들을 위한
고양이 카페, 그중에서도 제법 큰 규모인 지유가오카의 고양이 카페를 다녀왔습니다.
지유가오카의 네코 카페 클럽, 30분 700엔, 한 시간 1,000엔의 요금으로
귀여운 고양이들과 마음껏 놀 수 있습니다.
지유가오카의 고양이 카페는 다른 고양이 카페와는 다르게
고양이들과 놀 수 있는 공간이 넓은 것이 특징입니다.
포인트 제도가 있어서 자주 들리는 사람들에게 좋고,
또 포인트의 유효기간이 없어 유용합니다.
음료는 커피, 차, 주스 등을 무제한으로 마실 수 있습니다.
폴라로이드 사진으로 카페의 고양이들이 표시되어 있습니다.
고양이와 더욱 재미있게 놀 수 있도록 여러 가지 놀이기구들이 준비되어 있습니다.

아기 고양이들은 한쪽 공간에서
따로 보호를 받고 있습니다.

카페와 고양이들이 있는 공간은 따로 구분되어 있어 문을 살짝 열고 들어갑니다.
문을 열 때 고양이들이 우루루 뛰어나오니 주의를!
너무나도 여유로운 고양이들.
놀 기운 만만으로 들어갔지만
너무나 예쁘게 자고 있는 모습을 보니 쉽게 건드리지 못할 것 같습니다.

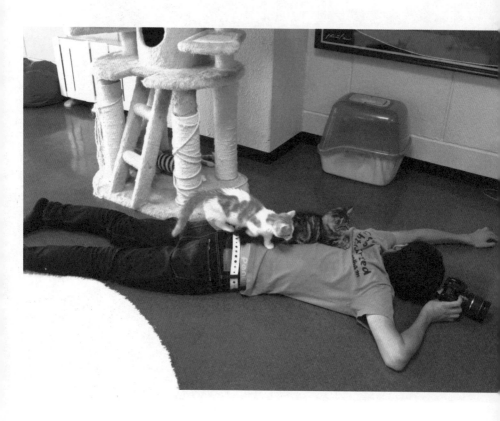

일부 깨어 있는 냥이들과 재미있는 시간을 보냈습니다.
거리낌 없이 달려드는 고양이들,
가만히 앉아 있어도 많은 고양이들이 놀아달라고 달려옵니다.
귀여운 고양이들과 함께 보내는 시간은 순식간에 흘러갑니다.
팔 다리 짧은 우리 깜찍이, 한 시간이 너무 빨리 지나가버려 아쉬웠습니다.
고양이들과 즐거운 시간을 보낼 수 있는 지유가오카의 네코 카페,
일본 여행 도중 잠시 쉬어가면 좋은 그런 곳이 아닌가 합니다.

 위치(도쿄東京)
도쿄의 멋쟁이 미시족들이 많이 살고 있는 세련된 마을
지유가오카(自由が丘)의 고양이 카페

☕ NEKOCAFECLUB

주소 : 東京都目黒区自由が丘3丁目7-16
전화 : 0120-152253
시간 : 11:00~19:00
요금 : 30분 700엔, 1시간 1,000엔
HP : http://www.nekocafeclub.com/

17

높은 곳을 좋아하는
호기심 많은 고양이

호기심 많은 아기 얼룩 고양이.
머리 위에서 사진을 찍고 있으니 신기한 듯 벌떡 일어서서 카메라를 바라봅니다.
카메라가 신기한 듯 뚫어지게 바라보고 있는 얼룩 아기 고양이.

높은 곳을 좋아해 항상 기둥 위 꼭대기에서
위태위태 놀이를 즐기곤 합니다.
한창 재미있게 놀다가도 카메라를 가까이 하면
호기심에 눈이 크게 떠집니다.
고도의 집중력을 보이는 아기 얼룩 고양이.
똘망똘망 눈이 휘둥그레진 얼굴 표정이 귀엽습니다.

뭘까??
동그라미 안에 나랑 비슷하게 생긴 고양이가 보이네!

렌즈에 비친 자신의 얼굴을 바라보며
한참 동안 진지하게 생각에 빠져듭니다.
알고 싶은 것도 많고 궁금한 것도 많은 얼룩 아기 고양이.

호기심 가득한 아기 고양이에게
무엇을 보여줘야 할까요?

18

나가사키 평화공원의
평화로운 길고양이

일본 나가사키 시 북부의 평화공원에서 길고양이를 발견하였습니다.
평화공원은 과거 일본이 원자 폭탄을 맞은 지역으로
세계 각국에서 보낸 평화를 상징하는 동상이 많이 놓여 있습니다.

평화공원 벤치 아래의 길고양이,
따뜻한 아침 햇살과 함께 뒹굴뒹굴 일광욕을 즐기고 있습니다.
데구루루 구르다 이쪽을 발견하였습니다.
하지만 상관없이 데굴데굴
따뜻한 햇살에 기지개를 폅니다.
으. 그. 그.

평화공원이라서 그런지 길고양이들도
평화롭게 여유를 즐기고 있는 것 같습니다.
아침 일광욕을 마치고 나서
아침 식사를 하러 어디론가 걸어갑니다.
토끼 꼬리의 나가사키 평화공원의 길고양이.
오늘 하루도 평화롭고 여유롭게~!

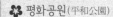

❖ 평화공원(平和公園)
나가사키 시 도심에 위치한 공원이다. 1945년 8월 9일에 투하된 원자
폭탄 낙하 중심지와 그 북쪽의 언덕 위를 포함한 지역에 평화를 위해
마련됐다. 입장은 무료이다.
평화공원은 전쟁의 비극을 되풀이하지 않겠다는 맹세와 세계평화에 대한
신념을 담아 세운 공원이다.

#19.
고양이 발바닥 떡,
고양이 손 카푸치노
그리고 폭풍 우유

도쿄 고양이 마을 야나카에서 커피를 주문하였습니다.
고양이 발바닥 모양의 손잡이가 인상적인 카푸치노.
커피를 마실 때마다 고양이와 악수하는 기분이…

이키나리 단고와 브랜드 커피.
이키나리 단고는 일본 규슈 구마모토 지역의 명물로
이곳에서는 구마모토의 유명 가게에서
직접 배달해온 것을 쓴다고 합니다.
이키나리 단고는 쫄깃쫄깃 떡 안에 고구마, 팥 등을 넣어
가볍게 먹을 수 있는 간식거리입니다.
단고 위에다 콩을 이용하여 귀여운
고양이 발바닥 모양으로 변신시켰습니다.
단고 옆에 있던 귀여운 고양이,
알고 보니 우유를 듬뿍 담고 있었습니다.

이렇게 입 쪽을 커피 잔에 가까이 한 다음
주르륵…
사진을 찍는다고 너무 천천히 따랐더니 민망한 장면이 연출되었습니다.

이번엔 제대로 폭풍 우유를 입에서 발사하고 있는 작은 고양이,
고양이 카페 〈네코 카페 29〉에는 무언가 특별함이 있습니다.

📍 **위치**(도쿄東京)
일본 고양이 마을 야나카(谷中)의 고양이 카페,
집사 할아버지와 종업원 고양이들이 따뜻하게 맞이해주는 작은 공간

☕ 네코 카페 29(猫町カフェ29)

전화 : 03-3827-3329
주소 : 東京都台東区谷中2-1-22 風呂猫アートハウス
시간 : 12:00~17:00(카페), 18:00~22:00(디너,예약제)
휴일 : 월,화요일
홈페이지 http://nyancafe29.blog.fc2.com/

#20.
차도냥의
따뜻한 겨울나기

길고양이 한 마리가
추운 겨울날 따뜻한 햇살을 쬐기 위해
자동차 위에 올라가 조용히 앉아 있습니다.

76

거의 영하로 내려가지 않는 따뜻한 도쿄지만
따뜻한 것을 좋아하는 고양이에게는 춥기만 합니다.
그래서 더욱 따뜻한 햇살이 반갑기만 합니다.
차가운 겨울, 자동차 위에 도도하게 앉아 있는 길냥이,
차도냥!

귀에 V자 상처가 있는 것은 번식을 막기 위한 중성화 수술을 받았다는 표시입니다.
중성화 수술을 받은 길고양이들은 동물보호소에 잡혀갈 걱정 없이
마음 놓고 거리에서 살아갈 수 있습니다.
길고양이의 중성화 수술은 일본의 고양이 애호 단체에서 행해지며
각 마을별로 다르게 진행되고 있습니다.

구름 한 점 없이 맑은 겨울, 하늘에서 내려오는
태양 빛이 너무 따가워 잠깐 고개를 돌려봅니다.

따뜻한 햇살을 받고 있으면 스르륵 눈이 감기곤 합니다.

나른한 햇살을 맞으며

얌전히

따뜻한 겨울을 보내고 있습니다.

📍 **위치**(도쿄東京)
도쿄의 번화가 신주쿠(新宿)의 골목길에서도 길고양이들을
쉽게 발견할 수 있다.

#21.
고양이가 가르쳐준
요가 한 동작

82

규슈 일주 중 찾아간 나가사키 현의 시마바라.
마을의 수로에 아무렇지도 않게 잉어들이 헤엄치는
맑은 물이 샘솟는 여유로운 마을입니다.
시마바라의 아케이드 상가를 걷고 있던 도중
거리에 자리를 깔고 수행 중이신 길고양이를 만났습니다.
반가움에 손을 흔들어보았지만
타지 사람인 것을 알고 경계하는 눈빛을 보냅니다.

하지만 일본의 시골 인심도 나쁘지 않아,
금방 아무 일 없었던 것처럼 이야기를 나눕니다.
태어나서 시마바라 이외의 곳은 가본 적이 없다는 길냥 씨.
도쿄의 이야기를 들려주니 신기한 듯 멍한 표정을 짓고 있습니다.

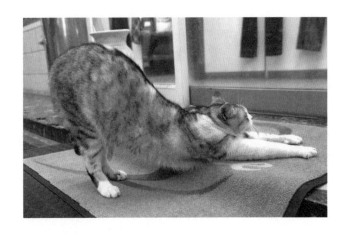

신이 난 길냥 씨는 이런저런 이야기를 하다
얼마 전 전파상 TV에서 본 아침 명상 프로의 요가 자세가
너무나 마음에 든다고 이야기합니다.
어떤 자세인지 잘 모르겠다고 하니 직접 포즈를 취해주는 길냥 씨.
엉덩이는 요렇게 요렇게 해야 하는데
사람들은 잘 안 되는 것 같다고 냥냥거립니다.
따라 해보라고 권유하지만 나중에 도쿄에 돌아가서
하겠다고 하고 얼버무렸습니다.

📍 **위치**(시마바라島原)
옛 일본의 무사마을로 물이 맑아 마을의 수로에서 잉어들이 헤엄치는
모습을 발견할 수 있다. 물이 맑아서 그런지 길고양이들도
깨끗한 차림으로 거리를 돌아다니고 있다.

II. 제 친구들을 소개합니다

친구는 누구에게나 필요합니다.
때로는 고양이가 외로운 사람에게 친구가 되어줍니다.
고양이들은 서로서로 의지하며 살아갑니다.
때로는 투닥투닥 싸우기도 하지만
함께 있어 우리는 즐거운 날들이 더 많습니다.

#22.
아직도
용서를 빌고 있는
길고양이

나가사키 글로버 정원 옆의 작은 공원
창틀에 누군가가 앉아 덜덜덜 떨고 있습니다.
오늘도 할머니가 아끼던 컵을 깨뜨리고 쫓겨 나와
창틀에 기대 용서를 빌고 있습니다.

할머니,
용서해주세요…

화가 난 할머니는 고양이의 울음소리가 들리지 않는 듯
일에 집중하고 계십니다.

비록 잘못해서 창틀에서 용서를 빌고 있지만
지난번 여행에 이어
다시 보게 되어 너무나 기뻤습니다.

📍 **위치**(나가사키長崎)
언덕과 공원이 많아 길고양이들이 많이 모여 살고 있는
일본 규슈의 항구도시.
글로버 정원 언덕 위의 석조 건물, 건물 앞은 전망공원으로 이 일대의
길고양이들이 모여 회의를 하는 곳이다.

🏠 미나미야마테 레스트 하우스(南山手レストハウス)

전화 : 095-829-2896
주소 : 長崎市南山手町7番5号
시간 : 09:00~17:00
휴일 : 12/29~1/3

#23.

나가사키 언덕의
평화로운 고양이들

길고양이가 많기로 유명한 나가사키.
그중에서도 쉽게 고양이들을 발견할 수 있는
나가사키의 미우라 전망공원에 들렀습니다.
미우라 전망공원은 나가사키항과 시내의 멋진 전망을 감상할 수 있는 곳으로
스카이로드를 이용해 글로버 정원으로 가는 길에 위치해 있어
많은 관광객들이 이곳을 지나갑니다.
저녁에 오면 일본의 3대 야경인 나가사키의 야경을 감상할 수 있습니다.
공원에 오자마자 만나게 된 한 무더기의 길고양이 집단,
공원에서 데굴데굴 여유로운 한때를 보내고 있습니다.

너무나도 평화로운 길고양이들의 여유.
이런 곳에서 그루밍을 하면
몸에서 윤기가 자르르 흐른다는 길고양이 씨 .
신나게 그루밍을 하고 있습니다.

하품이 마구 나올 정도로
여유로운 미우라 전망 언덕에서
낼름,
이곳에서 살고 있는 길고양이들은
다른 곳의 고양이들도 이렇게
여유롭게 살고 있다고 생각하고 있겠죠?

#24.
고양이 신을 본
고양이

고양이는 나이를 먹으면 신비한 신통력을 얻어
네코마타(猫又)로 변한다고 합니다.
네코마타는 꼬리가 두 개이고 입이 찢겨졌으며 손수건을 머리에
얹고 춤을 추는 고양이 요괴입니다. 인간 세상에서 사람들과 함께
생활을 합니다. 대부분의 네코마타가 사람에게는 무관심하기 때문에
잘 보이지 않으나 간혹 호기심 많은 네코마타는 인간의
언어를 배워 대화를 나누기도 합니다. 네코마타가 되어 많은 시간이
지나면 고양이들의 왕이 있는 고양이 산에 들어가서 인간 세상에는
돌아오지 않으며 그중 뛰어난 네코마타가 고양이의 왕이 되어
고양이 신이 된다고 합니다.

고양이 왕의 후보로 오른 고양이에게는 하늘에서 신비한 빛이
내려와 인도하며 따라가게 되지만 일부 고양이는 네코마타가
되기 전 고양이 세상에서 이루지 못한 일을 이루기 위해
잠시 머물다 간다고 합니다. 고양이에 따라 다르지만
그동안의 신세를 갚는 고양이가 있는가 하면
그동안 당한 것을 복수하는 고양이도 있다고 합니다.

모지코 카페의 빨간 의자에 앉아 있던 고양이에게
하늘에서 빛이 내려오고 있습니다.

고양이가 요괴로 변하려는 순간입니다.
무엇을 보았는지 놀란 눈으로 하늘을 바라보고 있는 고양이,
아…
아…

밝은 빛이 고양이를 감싸주고 있습니다.
좀 전에 쥐 모양 장난감으로
고양이를 놀린 것이 후회가 됩니다.
아…

"뭘봐, 이 묘(猫)야"

고양이가 바라보고 있던 것은 평소에 티격태격하는
회색 고양이였습니다.
수행이 부족한지 고양이 신이 되는 것은
아직 더 기다려야만 할 것 같습니다.

📍 **위치**(기타큐슈北九州)
규슈의 최북단 항구도시 모지코(門司港), 모지코의 명물인
야키카레(구운카레)를 먹으며 고양이 카페에서 즐거운 시간을 보내보자.

 고양이 카페 레트로니얀(猫カフェ レトロ・NIYAN)

전화 : 093-332-7033
주소 : 福岡県北九州市門司区港町6-5 ギャラリー港や2階
시간 : 11:00～19:00
휴일 : 월요일
홈페이지 : http://www.retoro-niyan.com/

#25.
부자 신사의
가난한 길고양이

후쿠오카의 부자 신사, 구시다 신사에 들렀을 때 만난 길고양이입니다.
잘 꾸며둔 신사의 연못 뒤 건물에서 갈색 물체가 이동을 합니다.

가까이서 보니 갈색 길고양이입니다.
슬금슬금 앞으로 걸어가고 있는 길고양이,
무엇을 발견했을까요?

잠시 후 걸음을 멈추고 낙심한 듯한 표정을 짓습니다.
쥐라도 놓친 걸까요?
나무 난간 틈 사이로 기념사진 찰칵!
10밀리미터 광각렌즈로 들이대도 도망가지 않는 신사의 길고양이.
신사는 부자 신사인데 신사의 길고양이는 가난한가 봅니다.
오랫동안 손보지 못한 털이 윤기를 잃어갑니다.

🏮 구시다 신사

헤이안시대인 757년에 세워진 신사로 불로장생과 상업 번성의 신을
봉안하고 있다. 수령 1,000년의 은행나무가 있으며 후쿠오카의 여름
축제인 '하카타 기온야마가사마쓰리'의 피날레를 장식하는
가마 경주가 시작되는 곳이다.

주소 : 福岡県福岡市博多区上川端町1-41

#26.
여유를 즐기는
그들의 아지트

하얀 고양이 한 마리와 검정고양이 한 마리가 여유롭게 낮잠을 자고 있습니다.
많은 사람들이 지나가는 거리이지만 시끄럽게 떠드는 사람도 없고
고양이의 낮잠을 방해하는 사람도 없습니다.

오히려 제 카메라의 셔터 소리가 방해가 되었나 봅니다.
하지만 그것도 잠시,
스르륵 눈은 감겨오고
길고양이들은 다시 한가롭게 오후의 여유를 만끽하고 있습니다.

"재미난 일,
　없을까나?"

#27.
벳푸 온천의
할아버지 고양이

규슈 오이타 현의 따뜻한 온천마을 벳푸,
마을 곳곳에서 하얀 온천 수증기가 피어오르는 벳푸는
온천으로 데워진 지열로 바닥이 따뜻해서 그런지
따뜻한 것을 좋아하는 고양이들이
많이 살고 있는 동네입니다.

그중 벳푸 상점가에서 꽤 오래 산 얼룩 고양이를 발견하였습니다.
초록 목걸이와 하얀 양말을 신고 혀로 코털도 정리하며 멋을 부리며 걸어옵니다.
흐느적흐느적,
왠지 기운이 없어 보입니다.

"길 막지 말고 비켜!"
얼룩 고양이는 나이가 많이 들어서 그런지 느릿느릿,
다른 어린 고양이와는 달리 동작이 매우 느립니다.
겨우 상점가의 작은 길을 횡단했을 뿐인데 지쳐버린 얼룩이,
피식 쓰러져버립니다.

ㅇ ㅇ ㅇ…

느릿느릿 그루밍을 하려다가
그냥 스르륵
몸이 마음대로 움직이지 않습니다.
그래도 다른 도시 고양이들처럼 교통사고나, 독극물 중독 등
젊은 나이에 하늘나라로 가지 않고 따뜻한 온천마을에서
오래오래 살아서 후회는 없다고 합니다.
온천마을에서 나이 든 고양이를 많이 볼 수 있는 것은
주민들이 고양이를 사랑하기 때문이 아닌가 생각합니다.

힘없이 스르륵 잠이 든 얼룩 고양이.
따뜻한 햇살이 고양이의 이불이 되어주고 있습니다.

📍 **위치**(벳푸 別府)
뜨끈뜨끈 일본 규슈의 온천마을 벳푸, 마을 곳곳에서 온천 증기가
뿜어 나오며 온천수로 달구어진 바닥이 따뜻하여 피식피식 쓰러지는
길고양이들이 많은 지역.

#28
뜨거운 도쿄의
여름과
길고양이의 단잠

폭염이 계속되는 일본 더위를 피해
시원한 그늘에서 달콤한 낮잠에 빠져 있는
가구라자카의 고양이 한 마리.
도쿄의 뜨거운 날씨는 길고양이를 귀찮게 합니다.

벽에 기대어 가장 편한 자세로
팔베개를 하고 누워보지만
슬쩍슬쩍 비치는 햇살의 따가움에 몸을 뒤척입니다.

사진을 찍지 말라고 하고 싶지만 힘이 없습니다.
고양이의 핑크색 뒷발바닥,
단잠을 자고 있는 고양이를 방해할 수 없어
핑크색 발바닥을 뒤로 하고 거리를 걸어갑니다.

📍 **위치**(도쿄東京)
골목골목 운치 있는 도쿄의 작은 언덕마을 가구라자카(神楽坂),
골목 사이사이 숨어 있는 길고양이들이 많으니 눈을 크게 뜨고
주변을 잘 살펴보길.

#29.
온천마을의
작은 고양이 가게

일본 3대 전통온천 중 하나인 고베의 아리마 온천은 황금온천의 킨노유,
은빛온천의 긴노유가 유명한 지역입니다.
고베의 온천마을에서 만난 작은 고양이 가게 〈벤치타임〉입니다.
두 평 남짓한 조그마한 가게로 다양한 고양이 아이템들을 판매하고 있었습니다.
차, 음료, 케이크도 팔고 있어 고양이 아이템들을 살펴보면서
잠시 쉬어가면 좋을 것 같습니다.

가게에는 이 마을의 대장 고양이인, '코에 검은 점 고양이'가 있었습니다.
가게에 자주 놀러와 문 앞에서 손님을 맞이해준다고 합니다.

코에 검은 점 고양이 뒤로 또 한 마리의 고양이,
'뽀족 귀 고양이'가 꾸벅꾸벅 졸고 있었습니다.
온천마을의 작은 고양이 가게는 길고양이의 쉼터로 자리 잡고 있습니다.

30

아리마 온천의
대장 고양이

길고양이가 많기로 유명한 아리마 온천.
2년 전 이곳에 들렀을 때에는 열한 마리의 길고양이들이
사이좋게 살고 있었습니다.
벤치타임, 이 작은 가게에서는
이렇게 온천마을 고양이들의
생활을 보여주는 여러 아이템을 팔고 있습니다.

전과는 달리 몸집과 얼굴이 바뀌었지만
그때의 그 고양이들을 다시 만날 수 있어 너무 기분이 좋았습니다!!
당시 열한 마리의 길고양이, 아니 다시 수를 헤아려보니까 열두 마리입니다.
그림 속의 삼색 고양이, 계단에서 두리번두리번거리고 있습니다.
'넌 누구냐' 하는 표정의 삼색 냥이.

그림 속 나무 위에 대롱대롱 매달려 있었던 갈색 얼룩 고양이는
이제 어른이 되어 평상 위에 누워 낮잠을 즐기고 있었습니다.
갈색 얼룩 고양이는 사실 전에 찾아내지 못해서 이번에 처음 만나는 겁니다.
어이쿠, 단잠을 깨웠나 봅니다.
30분 정도 다른 곳에 다녀와서도 만나 볼 수 있었던 갈색 길냥이,
누운 위치만 바뀌었습니다.

마지막으로 대장 고양이,
전보다 그림이 크게 그려져 있어
많이 컸겠구나 생각을 하며 찾아보았습니다.

2년 전의 대장 고양이, 똘망똘망한 눈동자와 날렵한 움직임으로
아리마 온천을 평정하고 있었습니다.
하지만 지금의 대장 고양이는…

몸집이 두 배가 되어 가게를 지키고 있습니다.
2년 동안 대장 노릇을 하며 권력을 행사하더니
이렇게 돼지로 변해버렸습니다.
역시 인간이나 고양이나 권력을 가지면 게을러지고
추해지는 것 같습니다.
정치인처럼 변해버린 대장 고양이…
이제 아리마 온천의 대장 고양이를
새로 뽑을 시기가 온 것 같습니다.

아직 그림 속의 열두 마리 길고양이를 다 만나보지는 못했지만
아리마 온천에 갈 때마다 다시 만나게 되는 반가움!
아리마 온천은 길고양이가 있어서 즐거운 곳입니다.

📍 **위치**(아리마 온천有馬温泉)
일본의 3대 온천 중 한 곳인 온천마을로 금천(金の湯), 은천(銀の湯)의
두 가지 색의 온천수가 솟아나는 곳이다.
일본의 길고양이들도 몸의 치유를 위해 이곳에 들른다는 소문이 있다.

 벤치타임(Bench Time)

전화 : 078-904-0276
주소 : 兵庫県神戸市北区有馬町1158
시간 : 9:30~16:30
휴일 : 월요일

#31.
고양이와 강아지와
아주머니의
아이스크림 가게

후쿠오카의 가장 번화한 유흥가인 나카스 거리를 걷다 재미있는 아이스크림 가게를 발견,
아이스크림을 사먹으러 갔습니다.
귀가 접힌 고양이가 이동식 아이스크림 가게 지붕 위에 올라가 있는 완, 냥 아이스크림.
(완은 강아지, 냥은 고양이입니다.)
아주머니가 걸어갈 때마다 지붕이 흔들흔들,
중심을 잘 잡고 버티고 있는 귀 접힌 고양이.
가게가 이동을 멈추자 손님을 탐색하고 있습니다.

야옹이의 호객 행위에
하나둘씩 손님들이 모여듭니다.

왜 〈강아지 고양이 아이스크림〉인가 해서 아래를 보니
강아지 한 마리도 아이스크림 가게와 함께 걸어가고 있었습니다.
귀 접힌 고양이 뒤에 살짝 숨어 열심히 그루밍을 하고 있는
얼룩 아기 고양이, 아마도 귀 접힌 고양이의 아기일까요?
태어난 지 얼마 안 되어 보이는데 생활 전선에 뛰어들어 일을 배우고 있습니다.
아이스크림을 주문, 아주머니가 열심히 아이스크림을 퍼주십니다.

조금 크기가 작아보이는 아이스크림
초코 바닐라 카라멜 맛.

너도 한입 할래?
하고 귀 접힌 고양이에게 건네보지만 일하는 중이라 먹으면 안 된다고 합니다.

후쿠오카 나카스의 거리에서 만난 고양이와 강아지와 아주머니의 아이스크림 가게.
아이스크림을 열심히 팔아 이동식 판매대가 아닌
조그마한 아이스크림 가게에서 만나보고 싶습니다.

🏮 나카스 거리

후쿠오카의 나카스(中洲) 거리는 일본에서 손꼽히는 환락가이자
쇼핑, 비즈니스 거리이다. 다양한 패션 상가가 몰려 있어 쇼핑하기
좋은 곳이며, 밤이면 네온사인으로 물드는 유흥가다.
강가에 늘어서 있는 포장마차 '야타이'는 나카스를 찾는 또 다른
즐거움으로, 강변의 운치 있는 포장마차에서 하카타 라멘이나
간단한 술과 안주를 저렴한 가격으로 즐길 수 있다.

#32.
유후인 온천마을의
이름 있는 쿠로냥

거리가 아름다운 유후인 온천마을,
유후인 온천마을을 걷다 보면
유후인 버거 하우스와 나무에 그림을 그려 넣어주는
예쁜 가게를 만나게 됩니다.

이 가게들의 안쪽에는 작은 공터가 있는데
이곳에서 열심히 그루밍 중인 한 검정고양이를 만나게 되었습니다.

요가를 열심히 수행 중인 검정고양이,
너무 힘이 들어 혀가 다 나와버렸습니다.
요가하는 모습을 가만히 지켜보다 목에 뭔가 걸려 있는 것을 보았습니다.
음… 고개를 자꾸 흔들어서 보이지 않습니다. 조금 더 다가가 봅니다.
요가하다 발에 쥐가 났는지 발가락을 쫙 펴고 무릎에 침을 바르고 있습니다.
"릴렉스 릴렉스."

겨우 요가 자세에서 풀려난 검정고양이.
다시 다른 자세를 취해봅니다.

목걸이에는 고양이네 집 전화번호인지 핸드폰 전화번호가 적혀 있었습니다.
자신의 얼굴인지 귀여운 고양이 그림도 그려져 있네요.
다시 팔을 쭈욱 뻗고 드러눕는 검정고양이.
이번에는 요가가 아니라 낮잠을 자려고 하나 봅니다.
팔베개를 하기 전에 팔 청소를 열심히,
스르륵 팔을 베고 드러눕는 검정고양이.
검정고양이의 이름표에는 쿠로라는 이름이 적혀 있었습니다. (쿠로는 검정색.)

2010년 가을에 태어난 유후인 온천마을의
검정고양이 쿠로.
다음에 유후인에 놀러 갈 때에도
이곳에서 요가를 하고 있었으면 좋겠습니다.

📍 **위치**(유후인ゆふいん)
규슈의 온천마을, 여성들에게 인기 있는 온천마을로 아기자기한 잡화점,
달콤한 디저트 전문점이 가득한 거리가 예쁘게 꾸며져 있다.
유후인의 노천 온천에서 온천을 즐기다 보면 몰래 엿보고 있는
길고양이를 만날 수도 있다.

🏠 유후인 버거 하우스(ゆふいんバーガーハウス)

전화 : 080-3183-2288w
주소 : 大分県由布市湯布院町川上2952-3
시간 : 11:00～17:00

33

길고양이가 숨어 있는
나가사키 언덕마을

나가사키에 여행을 가면 꼭 들르는 곳이 있습니다.
글로버 정원의 옆, 엘리베이터로 언덕을 오를 수 있는
스카이 로드의 나가사키 언덕 공원.
특히 일본의 3대 야경이라고 불리는 나가사키의 야경을
무료로 볼 수 있어 좋습니다.
전망이외에도 다른 즐거움이 있습니다.
글로버 정원에 들어가지 않고 골목골목 내리막길을 따라
언덕을 내려가는 재미.
또 다른 재미 하나는 사진에서 찾을 수 있습니다.
걷다 보면 우연히, 조금만 관심을 보이면 더욱 많이,
오히려 골목길을 걷고 있는 우리를 그들이 보고 있을지도 모릅니다.

**"안녕하세요.
무슨 생각을 하고 계신가요?"**

145

언덕 아래에서 불어오는 산들바람을 맞으며
어딘가에 숨어 있는 그들을 찾아봅니다.
언덕의 마을 나가사키에서 만난 작은 친구들.

대부분 자고 있거나 관심을 보이지 않지만 그래도 좋습니다.
곳곳에서 찾아볼 수 있는 나가사키의 길고양이들.
안녕하세요,
나가사키의 친구들.

다음에 다시 왔을 때에도
또 만날 수 있으면 좋겠습니다.

#34.

구로카와 온천의
길고양이 모금함

온천마을의 거리를 여유롭게 돌아다니는 길고양이,
온천과 길고양이는 왠지 모르게 어울리는 것 같습니다.
규슈 여행 중 찾아간 구로카와 온천에서도
길고양이들을 만날 수 있었습니다.
구로카와 온천의 작은 언덕길,
길고양이가 모여 데굴데굴거리는 장소입니다.
길고양이 한 마리가 어제 과음을 했는지 땡볕 아래 잠들어 있습니다.
아마도 괴로운 꿈을 꾸고 있는 듯 표정이 좋지 않습니다.

같이 마신 친구 고양이는
시원한 그늘을 찾아 수풀 아래 잠들어 있습니다.

언덕의 가게 앞에는
이곳 언덕의 길고양이들을 위한
'노라도라 기금상자'가 놓여 있어 여기에 모인 돈은
이곳 길고양이들의 먹이 값으로 사용됩니다.

부끄러운 표정으로 죄송하다고 하는 하얀 길고양이 그림.
지갑에 있는 잔돈을 털어 모금함에 넣고 싶어집니다.
아까의 길고양이, 뜨거운 햇살을 피해 가게 앞 그늘로 자리를 옮겼습니다.
하지만 숙취가 심한 듯 아직도 곤히 잠들어 있습니다.

구로카와의 작은 언덕길,
길고양이를 위해 주머니 속의 작은 동전을 모금함에 넣어준다면
언덕길의 길고양이들이 술 마시는 데,
아니 배고픔을 달래는 데 유용하게 사용될 것입니다.

🌸 구로카와 온천(黒川温泉)
아름답게 꾸며진 산골짜기 온천마을, 일본 규슈의 자그마한 온천마을로
골목골목 길고양이들이 모여 있고 길고양이들이 배고프지 않도록
간식을 주기 위한 모금함이 있다.

#35.
구로카와 온천의
식빵 굽는
길고양이

구로카와 온천의 이고사카,
언덕의 중턱에 있는 작은 가게 앞으로 내려가 보면
도라야키 가게인 도라도라가 있고 그 앞의 걸터앉을 수 있는 둔턱에는
언제나 길고양이들이 앉아 있습니다.

검둥이와 못난이,
무늬는 달라도 사이는 좋습니다.

사람들이 걸어 내려오는 모습을 관찰하고 있는 검둥이.
못난이는 사람들보다
가게 안의 팥빵에 관심이 있습니다.

온천에 숙박하는 사람들이 이곳을 지나가며 냐옹이들에게 인사를 합니다.
새침한 외모로 손님을 모으는 데 한몫하는 검둥이,
친구들이 나오자 검둥이가 마중을 나갑니다.

검둥이 친구 턱시도 냥이,
똘망똘망 구로카와 온천의 미남 고양이입니다.

일본 전통 빵 가게 앞에서
열심히 식빵을 굽고 있는 구로카와의 길고양이들,
구로카와 온천에 다시 찾아갔을 때에도 건강하게 잘 있었으면 좋겠습니다.

#36.
오토바이를
좋아하는
하얀 걸고양이

나가사키 평화공원과 글로버 정원을 둘러보고 난 다음
중화거리가 있는 신치에 가기 위해 시안바시의 골목으로 걸어갔습니다.
시안바시의 작은 골목에는 수많은 길고양이들이 모여 살고 있었고
그중 하얀 고양이 한 마리는 오토바이 위에 자리를 잡고 있었습니다.

長崎市

전에 벳푸에서도 오토바이 위에 앉아 있는 길고양이를 보았는데
나가사키에서도 이런 고양이를 만나게 되어 너무나 기뻤습니다.
벳푸 오토바이 고양이도 그렇고 나가사키의 하얀 길고양이도 그렇고
혼다 오토바이를 타고 있습니다.
새침하게 앉아서 출발하기만을 기다리고 있는 하얀 길고양이,
혹시나 오토바이가 급발진을 하지 않을까 조마조마합니다.

한참이 지나도 출발하지 않자 기분이 나빠진 하얀 길고양이,
자세히 보니 눈빛이 각각 다른 오드아이 고양이 같기도 합니다.
거꾸로 타고 있으면서 꼬리를 일직선으로 뻗고
중심을 잡아 출발하기를 기다립니다.
출발을 하지 않자 꾸벅꾸벅
졸기 시작합니다.

보고 있던 삼색 고양이가
이렇게 타는 거야
하면서 브레이크를 당겨보지만
오토바이는 출발하지 않습니다.

🐌 시안바시 골목

나가사키의 밤 문화를 즐기고 싶다면 시안바시(思案橋)로 가면 된다.
'시안'이란 일본말로 무언가를 궁리하거나 고민한다는 뜻이며,
'바시'는 '하시'의 변형어로 '다리'를 뜻한다.
일찍이 에도시대의 요시하라, 교토의 시마바라와 나란히 일본 3대 요정과
유곽의 거리로 번성했던 마루야마로 통하는 골목이다.

#37.
나가사키 골목길의
사이좋은 길고양이들

나가사키 골목길에서 아기 고양이를 만나 조용히 지켜보고 있었습니다.
사이좋게 길 한가운데서 꾸벅꾸벅 졸고 있는 검정이와 노랑이.
사진을 찍으려고 살짝 다가가자 검정이가 눈을 뜹니다.

조금은 놀란 듯한 검정이,
검정이는 겁이 많아 노랑이 뒤로 숨어버리고
노랑이는 태연하게 카메라를 바라봅니다.

지나가던 노랑 아주머니가
나도 좀 찍어달라고 노랑이와 검정이 옆에
자리를 깔고 앉아버립니다.

나가사키 골목길의 검정이와 노랑이,
사이좋게 옹기종기 부둥켜안고 하루를 보내고 있습니다.

Ⅲ. 함께 산책할래요?

우리는 함께 살아가고 있습니다.
어느 곳으로 여행을 떠나도
어느 작은 골목에서도
어느 소박한 카페에서도
만날 수 있는 고양이 친구들,
사람도 고양이도 함께 행복한
그리고 평화로운 그런 날들을 꿈꿉니다.

#38.
길고양이 가족의
평범한 하루

나가사키 글로버 정원 뒤편의 골목길을 걷다 길고양이를 만났습니다.
아기 고양이들이 열심히 엄마 젖을 먹고 있었습니다.

젖을 먹이면서도 깔끔하게 온몸 구석구석을 그루밍 중인 엄마 고양이.
아기들도 깨끗이 씻겨주고 있습니다.
이제야 카메라를 발견한 엄마 고양이,
젖 먹이는 모습이 부끄러웠는지 살짝 자리를 뜹니다.

아직 정신이 없는 아기 고양이들.

얌전한 노랑이.
그냥 가만히 앉아 엄마가 오기를 기다립니다.

살짝 끼어드는 호기심 많은 얼룩이.
기지개를 한번 펴주고
슬금슬금 앞으로 걸어옵니다.
겁보다는 호기심이 더 많은 얼룩이.
한쪽 눈이 빨리 나았으면 좋겠습니다.

호기심은 이제 그만,
낙엽 위로 올라가 꾸벅꾸벅.
회색 얼룩이도 빨리 눈이 낫기를.

어느새 엄마 고양이가 돌아왔습니다.
어느 길고양이 가족의 평범한 하루.
매일매일 평범한 일상을 보내며 살아가길 바랍니다.

#39.
호기심 많은
아이

"이게 무얼까?"

"무얼까?"

#40.
고양이가 호객하는
작은 카페

교토 우지의 거리를 걷다 노란 얼룩 고양이를 발견, 고양이에게 다가갑니다.
교토 우지는 일본의 3대 차(녹차, 우롱차, 호우지차) 생산지이자
명차로 인정받는 곳으로 우지 마을 곳곳에는 우지의 말차를 즐길 수 있는
카페와 레스토랑이 있습니다.
고양이에게 다가가니 고양이는 슬금슬금 카페의 문 앞으로 저를 인도합니다.

이 고양이, 어디서 많이 본 것 같은데…

생각해보니 2년 전 이곳의 의자 위에서 꾸벅꾸벅 졸고 있던 고양이였습니다.
그때보다 살이 좀 찐 것 같은…

아주머니 손님 왔어요,
하며 문을 열어달라는 고양이

가게 문이 열리고 나도 모르게 고양이를 따라
가게에 들어가버리고 말았습니다.
카페는 아담하고 창이 넓어 지나가는 행인을 관찰하기 좋았습니다.
세계 문화유산인 보도인의 바로 맞은편이라 의외로 많은 사람들이 지나갑니다.

슬그머니 문을 열고 제 앞으로 다가오는 고양 씨.
이제 주문까지 받을 기세입니다.

결정을 못하고 우물쭈물하고 있자 따라오라고 하며
다른 자리로 유도합니다.
"보통 여기 앉아서 말차랑 가벼운 디저트를 먹는 거야."
라며 주문을 재촉하는 고양 씨.

말차와 말차 단고(떡)를 주문하고 고양 씨를 잠시 쓰담쓰담합니다.
쓰담쓰담하다 살이 토실토실 오른 것 같아 궁디팡팡을 해주었더니
좋아서 죽습니다.
더 때려달라고 자꾸 엉덩이를 올려서 계속 팡팡해줍니다.
주인 아주머니에게 들키는 건 부끄러운지
얼굴은 손으로 가리며 그르렁그르렁.

궁디팡팡을 하는 동안 주문한 말차 세트가 나왔습니다.
500엔.
말차와 말차 단고 다섯 개가 먹기 좋고 마시기 좋게~
부드럽고 쌉쌀한 맛의 우지 말차.
쫀득쫀득하며 말차의 맛이 살짝 들어 있는 말차 단고.

말차와 말차 단고를 먹고
다시 궁디팡팡을 해주기 위해
고양이를 찾아갑니다.

📍 **위치**(교토京都)
교토 우지(京都宇治), 세계유산 뵤도인(平等院) 옆의 작은 찻집

☕ 찻집 사보키쿠야(茶房きくや)

주소 : 京都府宇治市宇治蓮華21
전화 : 0774-22-9097
시간 : 11:00~17:00

#41.

호젠지 요코초의
검은 길고양이

오사카의 가장 번화한 지역인 난바의 어느 한 골목,
호젠지 요코초라고 불리는 길을 걷고 있던 중
반가운 손님을 만나게 되었습니다.

호젠지 요코초의 작은 절인 호젠지의 입구에 앉아 있는 검정 길고양이.
다소곳이 손을 모으며 얌전히 앉아 있었습니다.
골목이라고 해도 사람이 많이 지나가는 절의 입구인데
아무렇지도 않게 앉아서 꾸벅꾸벅.
절의 입구를 비추는 햇살이 신기한지 살짝 눈을 뜨고 바라봅니다.

깔대기처럼 둥글게 반쯤 접힌 혀를 쏘옥 내밀고 태양을 바라보는 검정 길고양이.
소리가 나는지 이쪽도 살짝 바라봐 줍니다.
하지만 반짝이는 태양에 더욱 호기심이 생겨
다시 그쪽을 바라봅니다.
저 반짝이는 따뜻한 것은 뭘까…
넋을 잃고 바라봅니다.

잘 자는게
제일 중요하다옹…

한참을 바라보다 눈이 부신지 아니면 금방 잊어버리고
졸음에 빠졌는지 눈을 감아버립니다.

길고양이가 있는 오사카의 작은 골목 호젠지 요코초에서 만난
검정 길고양이였습니다.

📍 **위치**(오사카大阪)
왁자지껄 일본에서 가장 활기찬 마을 오사카의 난바(難波).
시끄러운 것을 싫어하는 길고양이들은 소음을 피해 골목골목 숨어서
낮잠을 자고 있다.

🐾 호젠지 요코초(法善寺横丁)

주소 : 大阪市中央区難波1丁目

#42.
교토 철학의 길
철학하는 길고양이

교토에 오면 꼭 한번 걸어야 하는 거리, 철학의 길.
사계절 아름다운 이 거리에도 길고양이들이 살고 있습니다.
사람들이 철학의 길을 걷듯이 길고양이들도 이 길을 걸어 다닙니다.
이곳의 길고양이들은 '철학하는 길고양이'라는 멋진 이름을 가지고 있습니다.

하지만 철학의 길은 인간이 지은 이름으로
길고양이들은 별 관심을 가지지 않습니다.
하루에도 수천 명이 오고 가는 이곳 철학의 길에서
길고양이들은 사람들을 관찰합니다.

우리가 길고양이를 구경하듯이
길고양이들도 사람 구경을 합니다.

가끔 지나가는 사람 중에서
야옹야옹거리는 사람이 있는데
고양이들은 무슨 소리를 하는지 도통 알아들을 수가 없습니다.

교토 철학의 길에는
수많은 길고양이들이 매일매일 거리를 걷고 있습니다.
길고양이들과 스쳐지나가며 가볍게 웃을 수 있는 거리,

교토 철학의 길입니다.

📍 **위치**(교토京都)

일본의 옛 수도 교토, 우리나라 경주와 같이 전통적인 건물과
거리의 풍경이 잘 보존되어 있는 곳이다.
옛 수도여서 그런지 자존심 강하고 도도한 고양이들이 많이 있다.

철학의 길(哲学の道)

교토 시내의 난젠지(南禅寺)에서부터 긴카쿠지(銀閣寺)까지의 작은 길로
비와호수로(琵琶湖疏水)를 따라 양옆으로 벚꽃나무가 심어져 있다.
봄은 벚꽃의 명소, 가을에는 단풍이 아름다운 길로 일본의 철학자
니시다 키타로(西田幾多郎)가 이 길을 산책하며 많은 생각을 했다고
하여 사색의 작은 길(思索の小径) 이라고 불리다, 언제부터인가
철학의 길(哲学の道)이라 불리기 시작했다.
1972년에는 정식으로 '철학의 길'이라는 명칭을 가지게 되었다.
일본의 길 100선에 꼽히는 산책로이기도 하고 풍경이 아름다워
많은 사람이 이 길을 걷는다.

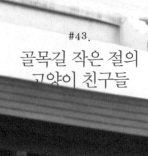

#43.
골목길 작은 절의
고양이 친구들

호젠지 절의 우물가에서
길고양이 한 마리를 만났습니다.

사람들이 우물에 와서 물을 퍼가도 신경 쓰지 않고
등을 돌려 무언가를 하고 있습니다.
식빵을 굽고 있을까요?

이번 빵은 실패한 듯 자책하며 턱을 두들기는 길냥이.
"탁탁탁탁탁탁"

다시 등을 돌려 다소곳이 앉아
까만 손을 나무 위에 살짝 올립니다.
무언가를 보고 있나 했더니 친구 길고양이가 바닥에 앉아 있었군요.

따뜻한 햇살에 노긋노긋 스르륵 눈이 감깁니다.
나무에 올려놓은 까만 손으로 몸을 지탱하며 꾸벅꾸벅.
친구 고양이는 아무도 없는 절 안을 뚫어지게 바라보고 있습니다.
인기척이 나자 살짝 돌아보는 친구 길고양이.

앞을 보고 있는 것이 아니라 바닥을 보고 무언가를 생각하고 있었군요.
안타깝게도 친구 길고양이는
한쪽 눈이 아파 한쪽으로밖에 볼 수 없습니다.

그래도 줄무늬 고양이는 작은 절에서 친구와 함께
따뜻한 햇살을 받으며 시간을 보낼 수 있는 것에 만족하고 있습니다.

#44.
아기 고양이의
어떤 산책

교토 철학의 길 수풀 사이로 하얀
아기 길고양이가 걸어가고 있습니다.
한 발자국 한 발자국 종종걸음으로
철학의 길, 다리를 건너고 있는
아기 고양이.
다리를 건너다 개울에 비친 자신의
얼굴을 보고 잠깐 멈추어 섭니다.
뭐가 못마땅한지 불만족스러운
표정을 짓습니다.

다시 속력을 내서 한 걸음 한 걸음,
열심히 다리를 건너고 있습니다.

다리를 건넌 다음 바닥에서 무언가를 찾고 있는 아기 고양이.
혼자 먹을 간식이라도 숨긴 걸까요?

아기 고양이가 신기한지 지나가던 사람들이 발걸음을 멈추고 사진을 찍습니다.
카메라를 가진 사람들에게 좋은 모델이 되어줍니다.
토실토실 뒷모습도 귀엽습니다.

숲으로 들어가려다가 깜짝 놀라 다시 돌아오는 아기 고양이.
숲속에서 악명 높은 폭군 고양이가 슬금슬금 걸어 나오고 있네요.

겁 없는 아기 고양이가 폭군 고양이에게 대들어보지만
폭군 고양이의 날카로운 스트레이트 한방에 넉다운 되어버립니다.
폭군 고양이가 돌아가자 꿍한 표정으로 뭔가를 생각하는 아기 고양이,
빨리 몸집을 불려 복수할 날을 꿈꾸고 있을지도 모릅니다.

"부숴버릴거야!"
"…버릴거야!"

45

철학의 길에서 만난
차도냥

철학의 길을 걷다 통통한 길고양이를 발견하였습니다.

길고양이 처음 보냐?
하는 표정으로 슬쩍 쩨려보며 지나가는 길고양 씨.
젖이 툭 튀어나온 걸 보면 새끼를 가진 것 같기도 합니다.
수풀 사이에서 잠시 휴식,

무언가 노려보는 얼굴이 시크하기도 하고 매력이 있습니다.
낙엽을 밟고 건방진 표정으로 이쪽을 바라봅니다.
아무리 노려봐도 귀엽기만 한 얼굴,
하지만 고양이의 집중력도 잠시… 스르륵 눈이 감겨오기 시작합니다.
타우린이 떨어졌는지 낙엽을 밟은 채로 꾸벅꾸벅.

지나가는 교토의 관광객들이 고양이를 감상하며 점심을 먹고 있습니다.
고양이를 바라보며 하는 점심식사,
따로 반찬이 필요 없을 것 같습니다.

밥 먹는 소리에 잠에서 깨어난 길고양 씨.
슬쩍 한번 바라보다
나눠주지 않고 자기들만 맛있게
먹는 모습을 보는 것이
견디기 힘들었는지 자리를 옮깁니다.
투덜투덜 터벅터벅
어디론가 걸어가고 있는
철학의 길 길고양이.

이제 그만 따라오라고 야옹거리며
다시 얌전히 앉아
깊은 생각에 빠져듭니다.

#46.
고양이가 쉬어가는
야나가와의
과자 가게

야나가와(柳川).
규슈의 관문 후쿠오카 남부의 작은 마을로
수로가 발달하여 물의 도시로 불리는 곳입니다.
수로를 따라 뱃놀이를 즐길 수 있으며 장어가 유명하여 장어덮밥 등
맛있는 요리를 맛볼 수 있는 곳이기도 하지요.
일본의 유명한 시인, 작가들이 이곳에서 생활하였다고 하지만
우리나라에 알려진 유명인을 뽑자면 영화, 〈조제, 호랑이 그리고 물고기〉들의
꽃미남 배우 츠마부키 사토시가 이곳에서 어린 시절을 보냈습니다.

216

야나가와에 도착, 뱃놀이도 즐기고
장어 주먹밥도 먹어보고 마을을 둘러보던 중 찾은
센베이 과자 전문점 하리마야,
그냥 지나칠 수 없는
무언가를 발견하였습니다.

멍하게 잠시 가게 앞에 서 있을 수밖에 없게 만드는…
지나가는 대부분의 사람이 이곳에서 발걸음을 멈추고 살짝 미소를 짓습니다.
바로 야나가와의 길고양이들.
가게의 고양이들 같지만 가게에서는 쉼터를 마련해주었을 뿐
이들은 어디에도 구속되지 않고 자유롭게 살아가는 길고양이들이었습니다.

고양이 사진만 찍고 갈 수 없어 사게 된 히나메구리 센베이 과자,
때마침 야나가와에서 히나마츠리(여자 어린이들의 무병장수와 행복을 기원하는 일본의 전통 행사로,
해마다 3월 3일에 열립니다. '히나'는 에도시대 때인 17세기 초부터 일본에서 행해진 히나인형 놀이에서
유래하였다고 합니다.)가 벌어지고 있었고 사진을 찍으면서
주인아주머니와 이야기를 하다 보니 나도 모르게 구입하게 되었습니다.
센베이 과자를 굽고 있는 갈색 고양이.
따끈따끈한 센베이 과자를 굽는 기계가 마음에 들었나 봅니다.
센베이도 굽고 식빵도 굽고.

길고양이라 그런지 피부가 조금 상해 있는 것 같습니다.
지치거나 몸이 아픈 길고양이를 보면 마음이 좋지 않습니다.
카메라가 신기한 듯 혀를 살짝 내밀고 바라봅니다.

반대편에는 혼자 꾸벅꾸벅 졸고 있는
턱시도 길고양이가 보입니다.

잘생긴 얼룩 길고양이가 눈을 뜨고 있어 그쪽으로 가봅니다.
어렸을 때 이렇게 생긴 고양이와 함께한 추억이 있어
더욱 잘생겨 보이는 것일지도 모르겠습니다.
즐거운 기억도 있고 아픈 기억도 있는 고양이,
거리에서 얼룩 고양이를 만날 때마다 생각이 납니다.

몽환적인 표정, 다시 깊은 잠에 빠져든 길고양이들.
바닥이 차가웠는지 잘생긴 고양이가 다른 고양이가 있는 곳으로 넘어왔습니다.
갈색 고양이는 처음부터 계속 꿈속에서 깨어날 생각을 하지 않습니다.
좁은 집이지만 부비적부비적 각자의 공간을 만들어갑니다.
가게에서 마련해준 작은 쉼터에서
사이좋게 서로의 체온을 나누는 세 마리의 야나가와 길고양이들.

과자 가게도 잘 되고
고양이들도 잘 지냈으면 좋겠습니다.

📍 **위치**(야나가와柳川)
규슈의 관문 후쿠오카 남부의 작은 마을로 수로가 발달하여
물의 도시로 불리는 곳이다.
수로를 따라 뱃놀이를 즐길 수 있으며 장어가 유명하여 장어덮밥 등
맛있는 요리를 맛볼 수 있는 곳이기도 하다.

#47.
무궁화 꽃이
피었습니다

규슈올레 이브스키 코스를 걷던 도중
골목길에서 만난 길고양이 한 마리,
골목길을 따라 어디론가 걷고 있어
살짝 따라가 보았습니다.
규슈올레길에서는 길고양이들을 쉽게
찾아볼 수 있는데
그중에서도 이브스키 코스에 길고양이가
제일 많이 있습니다.

올레길 곳곳에 숨어 있는 길고양이를 찾아보고 따라가 보는 것도
올레길 걷기의 또 다른 재미입니다.
뒤따라오는 발자국 소리에 뒤를 돌아보는 길고양이,
조심조심 천천히 다가갔지만 역시 고양이들은 눈치가 빠릅니다.

한 걸음 걷고 뒤돌아보고 다시 한 걸음 걷고 뒤돌아보고
슬금슬금 벽틈에 숨어 따라오지 말라는 듯
애처로운 얼굴로 바라보는 길냥 씨.
더 이상 뒤를 밟는 것은 미안한 일이기에
가볍게 손을 흔들고 뒤를 돌아봅니다.

'무궁화 꽃이 피었습니다'를 하듯 얼어 있는 길고양이 세 마리,
제가 정신없이 하양이를 뒤따라가고 있었을 때
이들이 제 뒤를 따라오고 있었나 봅니다.

📍**위치**(이브스키指宿)
일본 최남단 따뜻한 해변가의 온천마을, 모래온천찜질이 유명하여
가끔 길고양이들도 찜질을 한다고 한다.

♨ **규슈올레**(九州OLLE)
우리나라의 제주올레 브랜드가 일본의 규슈에 수출되어 제주올레와
같은 트레킹 코스가 규슈에도 만들어졌다. 제주의 곳곳을 걸어서
여행하며 제주의 속살을 발견하는 제주올레처럼, 규슈올레는 웅대한
자연과 수많은 온천을 가지고 있는 규슈의 문화와 역사를 오감으로
즐기며 걷는 여행 코스이다. 자연 속 트레킹도 즐기고 길고양이도 만나
볼 수 있는 즐거운 산책길이 펼쳐진다.

48

길고양이와
한 걸음 한 걸음

'무궁화 꽃이 피었습니다' 놀이를 하듯이 뒤를 돌아볼 때마다
한 걸음씩 가까워지는 이브스키의 길고양이들.
얼룩 길고양이 세 마리가 이쪽을 바라보며 다가옵니다.

앞을 보고 다시 뒤를 돌아보면 딴청을 부리기도 하고
나란히 늘어서서 이쪽을 응시합니다.
"무궁화 꽃이 피었습니다."

뒤를 보고 있으니 얼어버린 듯 꿈쩍도 안 하고 있는 길고양이들.
산들바람이 불어 꽃잎 한 잎이 하늘하늘 떨어지자
낭만을 아는 가운데 길고양이가 자기도 모르게 올려다보다 술래가 됩니다.

게임에 져서 불만족스러운 왼쪽 고양이,
낭만 고양이는 부끄러운 듯 골목으로 숨어버립니다.
게임이 끝나고 고양이들에게 다가가
가볍게 인사를 나누고

다시 이브스키의 규슈올레를 걸으러 갑니다.

#49.
야옹이와
할머니

야옹이 한 마리가 파밭에 조용히 앉아
먼 곳을 바라보고 있습니다.
쥐라도 발견했을까요?

무언가를 발견하고 벌떡 일어나 달려가는 야옹이.
야옹이보다 느린 걸음으로 걸어오시는 할머니.

야옹이는 신나서 달려가고
옆에서 지켜보고 있는 제 머릿속에는 〈TV는 사랑을 싣고〉의 한 장면이 떠오릅니다.
야옹이는 너무나 반가운지 아까의 모습과는 상상할 수 없는 애교를 부리기 시작합니다.

쪼르르 달려가서 부비부비,
할머니의 다리 사이를 들락날락,
야옹이는 할머니가 정말 좋은가 봅니다.

할머니가 파밭에 앉으니 그제야 제가 있는 것을 알았는지 이쪽을 빤히 쳐다봅니다.

"할머니는 내가 지킨다냥."
라는 것 같이 무서운 표정으로 경계하는 야옹이.
그러다가 또 할머니 품으로 들어갑니다.
할머니가 너무 좋아 발에 머리를 부비면서 애교를 부리는 야옹이.

시골 마을이라 젊은이들이 모두 도시로 떠나고
마을에 남은 건 할아버지 할머니들과 야옹이와 흰둥이뿐,
마을에서 가장 젊은 분이 55세, 아니 야옹이가 일곱 살로
가장 젊다고 합니다. 손자들은 1년에 한 번 올까 말까,
도시에 나가기는 가는 길이 너무 멀고 힘들어 친구이자 자식 같은
야옹이와 함께 있는 것이 즐겁다고 하십니다.

야옹이도 할머니 발 베개를 베고 그르렁 그르렁,
오늘 있었던 일을 할머니에게 이야기합니다.
반갑고 마음이 놓여서인지 야옹이는 금세 잠들어버리고 맙니다.
한적한 어느 시골 마을에서 할머니와 야옹이는 서로를 의지하며
하루하루를 즐겁게 보내고 있습니다.

규슈올레길에서 만난 할머니와 야옹이.
부디 건강하게 잘 지냈으면 합니다.

📍 **위치**(오쿠분고奧豊後)
규슈올레 코스 중 하나로 대나무 숲이 많고 일본의 전통 거리와
농가의 모습을 관찰할 수 있다. 일본 농가의 순박한 고양이들을
찾아보자.

#50.
로또 당첨을 검토해주는
행운의 고양이

일본에서는 하얀 털에 두 가지 무늬가 들어간 삼색 고양이를 행운의 상징으로 삼고
마네키네코라는 조각을 만들어 행운을 빌곤 합니다.
또한 하얀 고양이는 신성함을 상징하여 귀하게 여기는 곳이 많이 있고요.

그런 마네키네코를 똑 닮은 점장 고양이가 있는 가게가
도쿄에 있다고 하여 직접 찾아가 보았습니다.
도쿄의 옛 풍경이 남아 있는 고즈넉한 거리 중 한 곳인 고덴마초(小伝馬町),
도쿄메트로 히비야선을 타고 가면 되는 곳입니다.
지하철 출구에서 빠져나오면 보이는 작은 복권 가게,
이곳에 '란'이라는 점장 고양이가 있다고 합니다.

인생 역전을 꿈꾸냐옹?

운 좋게도 오늘은 점장 고양이님이 근무를 하고 있는 날이네요
복권 가게의 점장 고양이 란, 언제나 저 위치에 앉아 복권을 사는
사람들의 표정을 감상하고 복권이 당첨될지 예상해준다고 합니다.
명당 자리에 앉아 오늘도 열심히 근무 중인 점장 고양이 란.
정말 마네키네코 같은 옷을 입고 있습니다.
복권 가게의 사장은 점장 고양이 란이 입사하고 나서부터
복권이 잘 팔려 골목의 작은 복권 코너에서
자리 구하기도 힘든 역 앞의(고덴마초 역 도보 1분, 역세권 매물) 가게로
이사를 하였고 언제나 많은 사람들이 점장 고양이를 보고
복권을 사기 위해 찾아와 수입이 좋다고 합니다.

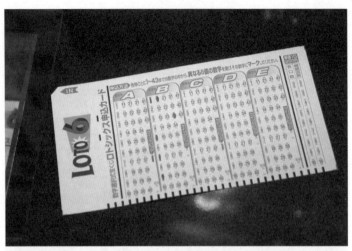

마네키네코를 가게에 두면, 돈, 손님, 운 등이 찾아온다고 하는데
이곳 사장님은 실물의 마네키네코를 두어 다 가진 것 같습니다.
아저씨도 흐뭇, 점장 고양이도 흐뭇.
저도 여기까지 온 김에 바로 로또 종이를 집어 들었습니다.
숫자 조합을 해서 하나를 만들고 나머지는 랜덤으로
점장 고양이가 랜덤을 좋아한다고 합니다.
6억 엔(80억 상당)이 당첨된다는 점보 복권도 하나 구입.
점장 고양이님 앞에서 돈을 지불하고 복권을 구입합니다.

복권 구매를 열심히 지켜보고 있는 점장 고양이 란.
숫자를 체크할 때마다 움찔움찔 뭔가 말해주려 하는 것 같은데 말하지 못합니다.
사실 점장 고양이님이 의외로 소심하여 잘못 말했다가
꽝이 나오면 손님이 화낼 것 같아 말을 못한다고 하네요.
어떤 숫자를 고르자 그게 아닌데라는 표정에 바로 지우고 고쳤습니다.

그래 그거야라는 표정!
숫자를 전부 골랐습니다.

그 복권은 당첨!

점장님에 대해 주인아저씨에게 물어보니
올해로 여덟 살이 되는 아줌마 고양이라고 합니다.
성격이 소심하고 낯가림이 심해 집에만 있다가
가게에 데려와 복권 구매대 앞에 앉혀 두니 계속 앉아 좋아했다고 합니다.
그때부터 지금까지 하루도 빠짐없이 아저씨와 같이 출근하여
복권 가게 구매대 유리창 뒤에서 사람들을 관찰한다고 합니다.

점장님, 이 복권 당첨될까요?
음…
신중히 검토하는 점장 고양이.

1등 되서 부자 되게 해주세요!!!
음… 열심히 숫자를 조합해보고 운을 점쳐보는 점장 고양이 란.
음… 그 복권은
당첨!

점장님이 손을 들어 당첨을 예상해주었습니다.
웬만해선 미동도 않는다는 점장 고양이님이 손을 들어주다니.
전 아마 다음주부터 블로그를 한동안
하지 않을지도 모르겠습니다.
마네키네코가 손을 들고 있으면 운이 좋다고 합니다.
오른손은 돈, 왼손은 손님.
그런데 점장 고양이님이 왼손을 들고 있는 것이
조금 마음에 걸리긴 합니다. 복권은 돈인데
손님 손을 들어주다니(그리고 보니 점장 고양이님을 만나고 나서
오픈캐스트 구독자도 10만 명이 넘었고, 올해 가장 많은 분들이
블로그에 찾아와주시긴 하였습니다.).

아무튼 일본 복권의 명당에서 마네키네코 닮은
점장 고양이님이 손까지 들어주었으니
아마 복권에 당첨되는게 아닌가 생각해봅니다.

조만간 복권 발표가 있을테니 좋은 소식으로 찾아뵙도록 하겠습니다.
제 블로그에 찾아오시는 분들 중 이번 포스팅에 댓글을 달아주시는
분들 잊지 않고 복권에 당첨되면 한방 쏘도록 하겠습니다.
복권 가게의 점장 고양이 란,
오늘도 많은 분들이 당첨의 꿈을 가지고
이곳을 찾아가고 있습니다.

#51.

천국의 섬
아이노시마

아이노시마(相島)는 후쿠오카 현의 많은 섬 중 하나로
약 170세대, 470명이 살고 있는 작은 섬입니다.

주민 대부분이 어업에 종사하고 있으며 대부분의 관광객은 낚시 목적으로
반나절 정도 머물다 가는 작은 섬입니다.
고양이들이 많이 살고 있어 고양이 섬이라는 이름으로도 조금은 알려져 있습니다.
일본의 고양이 섬이라고 하면 미야기 현의 타시로지마를 우선으로 꼽고
아이노시마는 규슈 지역의 고양이 섬으로 알려져 있습니다.

251

아이노시마(相島)

후쿠오카 현의 많은 섬 중 하나로 작은 섬이다. 현무암의 해식작용으로
독특한 해안선이 발달하였으며 동해바다가 한눈에 펼쳐지는 풍경이
인상적이다. 조선통신사로서 일본에 찾아간 신유한의 일본견문록
해유록(海遊錄)에도 그 기록이 남아 있는 우리나라 역사와도
관련이 있는 섬이다.

#52.
자동차가 만든
작은 그늘,
제일 좋은 피서지

일본의 고양이 섬 아이노시마에도 뜨거운 여름이 찾아왔습니다.
섬 안에 있는 고양이들은 배멀미가 심해 다른 곳으로 피서도 가지 못하고
올해도 어김없이 섬에서 여름을 나야 합니다.
아이노시마의 고양이들이 여름을 보내는 방법.
길고양이들이 더위를 피하기 위해 자동차 그늘 아래에서 일렬로 줄을 서 누워 있습니다.
해가 움직여 그늘 밖으로 손발이 삐져나와 뜨겁게 달구어지고 있지만
고양이의 낮잠을 깨우기는 부족합니다.
조그만 발소리에도 민감하게 반응하는 고양이가 있는가 하면
세상모르게 잠들어 있는 고양이도 보입니다.
카메라를 알아차리고 사진이 잘 나오는 좋은 빛을 받기 위해
자동차 그늘에서 빠져나와 털을 고르고 있는 한 고양이.

얼굴 가리지 말라고 하며
다른 고양이가 나와 주의를 줍니다.
보통 이곳의 고양이들은 붙임성이 좋아 사람만 지나가면 우루루 몰려들지만
잠을 자고 있거나 따뜻하게 달구어진 바닥에 누워 있을 때는 예외입니다.

덥지만 귀찮아…
손 하나 까딱하기 힘들어하는 고양이들.

친구 고양이의 발 냄새가 좀 고약하긴 하지만 귀찮아서 참아보려고 하고 있습니다.
한곳에 모인 고양이들.
바로 앞으로 다가가도 멀뚱멀뚱,
발 냄새를 맡으며 다시 스르륵 잠들어 갑니다.
뜨거운 여름, 자동차가 만든 작은 그늘은 길고양이들에게는 좋은 피서지입니다.
누군가 자기의 다리를 잡고 놓아주지 않는 꿈을 꾸고 있는 노란 얼룩 고양이.
길가에 세워진 자동차 그늘 아래 조용히 잠들어 있습니다.

53

사람을 두려워하지 않는
길고양이들의 여유

후쿠오카의 작은 고양이 섬 아이노시마.
이곳의 고양이들은 여유가 넘치는 것 같습니다.

일본 다른 곳의 고양이들도 그렇지만
이곳의 고양이들은 특히 사람을 좋아합니다.
발자국 소리가 들리면 어미도 새끼도
룰루랄라 달려와서 다리 밑에서 데굴데굴.
한 마리가 다가오면 우루루 몰려와 주위를 맴돌고
부비부비 비벼대고 시간이 지나면 바닥에 드러누워 버립니다.
사람이 지나가면 지나가는가 보다 하며
길 한복판에서 바라만 봅니다.
두려워하거나 도망을 가거나 하지 않고
그냥 언제나처럼 하던 일을 계속,

솔개도 고양이도 사람도 그냥 멀뚱멀뚱 바라만 보는,

고양이들과 함께 길 한복판에 앉아 쉬어가기.
마치 고양이 카페에 온 것 같은 착각에 빠지게 되는 아이노시마.
힘든 일은 모두 잊어버리고 길고양이들처럼
여유로운 시간을 보낼 수 있는 곳 아이노시마.

일본 대부분의 고양이는 사람을 두려워하지 않습니다.
물지도 깨물지도 괴롭히지도 않고 평화롭게 살아가는 고양이와 사람.
이들이 사람을 두려워하게 된다면
사람이 이들을 두려워하여 멀리하였기 때문이 아닐까요?

#54.

꾸벅꾸벅 졸고 있는
관광안내소의
얼룩 고양이

규슈 히타 마을을 걷던 중
새근새근 잠들어 있는 고양이 한 마리를 발견하였습니다.

히타를 둘러보기 위해 잠시 짐을 맡기러 들른
관광안내소 옆, 집을 짓고 살고 있는
고양이인 것 같았습니다.
짐을 넣는다고 부시럭거렸더니
잠에서 깨어 불만스러운 표정으로 바라봅니다.

관광안내소의 고양이답게 뭔가 도움을 주기 위해 걸어 나오다
힘들어서 피식 쓰러지는 안내소의 고양이.
오랫동안 일해서 나이도 있고
요즘 날씨가 더워 힘에 부치는가 봅니다.
관광안내소의 할아버지처럼 꾸벅꾸벅,
땅바닥은 따끈따끈,

좀처럼 일어날 생각을 하지 않습니다.
그러다 갑자기 잠꼬대를 시작한 관광안내소의 고양이.
히타는 어쩌구저쩌구 주절주절,
직업병이 시작됐나 봅니다.
중얼중얼 횡설수설,
깜짝 놀라 눈을 뜬 안내소 고양이,
자기가 무슨 말을 했는지 알지 못하고 다시 잠들어갑니다.

동네 친구가 놀러와 졸지 말고 일하라고
쓰다듬 쓰다듬.
깜짝 놀라 벌떡 일어나 자세를 잡는 안내소 고양이,
친구가 아니라 상관이었나 봅니다.

"잠든 게 아니라 몸으로 관광 안내를 하고 있었습니다."
꾸벅꾸벅
변명을 늘어놓는 안내소 고양이.

언제나 있는 일인 듯
그저 미소를 지으며 바라보기만 합니다.

#55.

시원한
하품

고양이의 천국 아이노시마.
새근 새근 새근
달콤한 꿈을 꾸고 있나 봅니다.

으아아
아아아아
아무도 없는 줄 알고 시원하게 하품을 하였는데
앞에 누군가 있습니다.
크으으~
그래도 시원하게 하품은 마무리.

부끄러운 듯, 못마땅한 듯
찜찜한 표정으로 슬쩍 흘겨보고 다시 깊은 잠에 빠져듭니다.